U0019288

沒有名字的房間

從生活的縫隙，
窺探世界的日常

時報出版

目錄

散文

此時此地

詩輯

暗裡有光

輯一

此時此地

起點

距離人生第一次的交稿日，還有 12 個小時。

此時此刻，房間堆滿了時針一圈圈越過的痕跡，微弱的光暈映著乾涸在一角的咖啡餘液，散落一隅的衛生紙團裹著一個個尚未拼湊完整的日記，好不容易擴出了一點，卻又在一陣糾結後選擇揉回了零散的樣子。

紊亂的思緒沉積在腦中，結成團團毫無規章的毛線球，想好好把那些待被舒展的心情，層層梳理然後歸類整齊，可面對眼前的一切，卻不知從何開始，一種想說點什麼卻又就此打住了的心情。

這是一種很微妙的感覺，像是有個聲音對你說：「嘿，我願意接住你所有的快樂與不快樂喔！」那樣，內心的小宇宙雀躍地想把一切分享，想起一些片段的畫面，嘴角忍不住微微上揚，卻又突然蹙起眉頭，暗暗地想著那些微不足道的快樂與不快樂，是這樣渺小而平凡的存在。

可仔細想想，我們的生活何嘗不是由這樣微小的片刻所組成的，這些看似機械式而重複運轉的日常，都正悄悄地將我們推送至更遠的地方，也許有時只是一個轉念，我們的人生便因此有了更多的可能性。

凌晨 4:00

像是囁著從未傾吐的秘密，一字一句，耳根與臉頰是發燙的，比起我還不及經歷的一切，我想此時的快樂與煩惱，到了那一端都會顯得更加稚嫩又可愛，我好像能夠想像得到，未來的自己再一次讀著這些文字時，應該會真誠地笑出聲來吧。

開始有寫字的習慣，一部份是想好好記得，那些曾經降臨在生命中的禮物，關於日常的詩意、關於煩惱、關於愛，這些一閃即逝卻真實存在過的偶然，被埋藏在沒有邊界的想像中漂流著，另一部份是想將無處安放的悲傷，匯集成一座湖泊，任時光緩緩從上頭掠過，唯有真正平靜的時候，才能映出最真實的自己。

每一次更靠近那些懸在半空的鋒芒，書寫的當下是著實感覺
疼痛，心彷彿重複被劃上一道又一道，深深的、淺淺的痕，
你知道傷口會有痊癒的一天，可是痛不會，只是在日復一日
的忙碌中，故作從容像是遺忘的樣子。

給親愛的小王子

我只希望我們可以，長成我們理想的樣子。

我們總在日子裡重複交疊，努力完成別人種在我們身上的期
待，更殘忍的是大多時候，替你種下的人，還不一定會記得
幫你澆水，得靠自己不斷灌溉，在必要的時候盡可能向陽，
接受生命固有的休眠期，經歷一段時間後，你終於發現並勇
敢地剔除，那些不適合在你星球生長的植被。

親愛的小王子，必要的時候請砍下猴麵包樹。

偶爾會有人降落在你的星球，替你帶來一些種子或教導你新
的方法，一時之間，我們可能無法分辨，對方是帶著多少善

意或惡意,來到這裡。

但所有的選擇,終歸會回到自己身上,生命中所有的際遇與
安排,都是宇宙給我們最好的禮物,盡情地去探索吧。

熱戀期中斷

不知道你有沒有這樣的時候。

因為工作的緣故來到了一座城市，對於這裡的一切都感到陌生，週遭的環境不再是心臟習慣的溫度，早餐的選項也不能再像日常能夠反覆循環，所有的習慣都被打散。在這裡找不到對味的熱奶茶，最接近家鄉味的選項是麥當勞，滿心期待點了平時最愛的雞塊，但吃起來還是不太一樣，如此失望，這座城市吸進的每一口氣都感覺太過新鮮。

每天沉浸在工作中，一天只求八小時的睡眠，其他零星的時間總有著大排長龍的待辦事項，等待被完成。忙碌了一陣子，越是接近工作的尾聲，越是能夠放下心中的一顆大石。

接下來的時間，你總算能好好凝視這座城市的樣貌，起初看著總感到陌生，但漸漸地你越來越好奇，對於這座城市開始有了問不完的為什麼，你發現更多專屬於它的記號，找到令你著迷的那個角落，好像開始有點心動了，卻在這個時候必須離去。

好不容易在這座城市找到某部分的自己，把心打開後卻又只能帶著無奈的心情離開，就像是正想要談起一場戀愛，卻在這個時候不得不分離，不捨地凝視著戀人想把所有細節都收進眼底，哪怕再多一點點，都好。

如果可以，帶上沾染著這座城市的氣味說再見，會不會比較不難過呢。

倔強

被人群推擠著前進的日子，所有潮濕的記憶，都像是一件件過時的大衣，在不合時宜的場所顯得特別醒目，無人能投以理解的眼光，如同你的善感一樣，不被捨得，也不被允許在此刻發生。

在那樣的日子裡，哪怕只是一點點的甜，便足以擁有面對未來的勇氣，雙手盛滿想把握的一切，枕著將要過期的夢，繼續追趕時間，我想我們是這樣成長。

盆栽筆記

窗台的角落又來了一位新朋友,她像是擁有淋過一場初雪的
睫毛,望著未知的世界眨呀眨,你看向她時,她的眼裡總閃
著銀白的透明,她揮舞著綠絨的小手撒滿了雪花碎片,所有
悲傷都跟著四季一起消融。

就這樣,窗台的植物們陪我度過了好幾個沒有人說話的夜晚,
直到有次因為臨時被派到外地工作,租屋處的盆栽們沒有人
能幫忙照顧,索性便把植物們都放到窗外的平台上,那是比
起悶悶的屋子裡更靠近天空的地方,他們應該會喜歡吧,我
心想。

幾個禮拜後回到租屋處,想著前陣子的寒流和一連幾天的大

雨，第一件事便是打開窗戶，確認植物們的生命跡象，果然不出所料，經過那一連幾天的嚴寒摧殘，幾株本來飽滿嫩綠的孩子們都已經受寒凍傷，呈現灰黑萎靡的樣子，經過一週的搶救後還是回天乏術。

天氣漸暖，帶走他們的冬天終於過去了，看著窗台上的夥伴們少了幾個，心裡某塊位置覺得空空的。推開許久沒有使用的窗台，發現水泥與磁磚的縫隙冒出了一抹綠意，一棵棵小生命就這樣從水泥縫隙鑽了出來，剛冒出頭的新芽排排站立挨著彼此，連成一條小隊伍。

我想他們是之前被風雨被吹散的孩子們，被吹到了牆角就這樣挨在縫隙中生長著，明明沒有給予任何幫助和愛，他們卻依然堅強地生存了下來，這一刻突然覺得好感動，像是某部分的自己也被療癒了。

是呀，所有悲傷都會跟著四季一起消融。

想起照料每一株植物，就像是和不同的孩子相處，他們有著各自的喜好與慣性，儘管我們依著常理和經驗悉心澆灌，但若一昧執著，不願在自己的習慣之外，細膩觀照每個孩子各自的不同，那麼這株植物便很可能無法長成最美好的樣子。我想各種形式的愛與人之間的相處，也是如此吧。

植物不會說話，不會撒嬌，不會表達他的需要，卻無時無刻感受外在環境給予的一切，如果能聆聽植物微小的聲音，像聆聽每個靈魂一樣，細膩的觀照著，我想在這樣充滿愛與理解之下，匍匐向著陽光成長的我們，都能夠擁有帶來美好事物的能力吧。

花與記憶

以前收到花束的時候，總會感到特別不知所措，一方面是驚喜與害羞，另一方面是煩惱著，該如何面對這份有效期的美好。

因為儘管再美好，動作放得再慢，日子依舊不會慢下腳步。

溫潤逐漸消散至時光裡，花開始乾燥了，本來厚實的花瓣變得脆脆的，像剩下一口的蛋捲般，輕輕一捏就會失去所有，花莖則無法違抗地心引力，變得彎曲，不再像當初那般挺直了。

所有的辦法，都沒有對或錯，只能試著從一次次的失敗中擷取經驗，這些經驗總能讓你找到更好的辦法，在面對多次的

逝去以後，你總會突然的領悟些什麼，在花落以前，將花材分類整齊，找到合適的角度，綁繩固定，接著風乾，任漫漫常日曬成回憶。

好比曾經歷的那段日子，儘管過去了，你也總能找到自己方法，好好梳理整齊、收藏在某一個合適的位置，成為你的一部份。

寫稿的日子

截稿的時間就在眼前，收工後待在咖啡廳裡寫稿到店家打烊，是這段日子的常態，收拾好踏出店門口，剛好是一座城市最靜謐的時刻，凌晨四點鐘，街道上空無一人，風吹過一旁的路樹，它們窸窣而躁動著，像是偶爾的交談。

大部分的人們都還在睡夢中，或者失眠到了現在才好不容易沉沉睡去。

我騎著機車在空無一人的街道穿梭著，小心翼翼地騎在柏油路的最邊界，從角落看著這座城市尚未甦醒的模樣。清晨的台北不再顯得那麼壅擠，一條條道路的規則，隨著街燈沒入地面之下，偶爾身邊呼嘯而過幾台計程車，還不忘附送一陣短鳴的喇

叭聲，我其實不太明白那是什麼意思，也許是一種打招呼的方式吧。

回家的路偶爾會和送報員的路線重疊，差不多都是這個時間，轉進一樣的巷口，經過那間正在準備的早餐店，前方的紅綠燈停著一台深藍色的小貨車，後方掛滿兩排粉白色的豬隻，前進時隨著顛簸的路面搖晃，順著騎往市場的路會先經過一座公園，公園的一角被大棉被覆蓋著，隆起的部分隨著規律的鼾聲起伏，停在公園旁的綠色廂型車半掩車窗，放平的駕駛座熟睡一名中年男子，這段日子常常覺得自己的思緒跟不上眼前發生的一切。

只知道這座城市的每個人，都為了生活而努力地生存著。

夏夜晚風

一首歌的時間，能帶你去到的地方，往往超乎你所想像。也許離你很近，亦或遙不可及。

聽著夏夜晚風，閉上眼，浮現的是穿著制服的樣子，下了課帶著一身黏膩，背著斜陽踩踏著遍地金黃，那時影子被拉得好長，煩惱，也只有眼前這麼長。

橘黃色的光芒穿透了髮絲，即使模糊了焦距，也總能一眼對上戀人的眉眼，相視而笑，直至瞇成一抹新月。

再一次睜開眼，你會知道，越是接近夜幕的風，越是帶著一股沁涼，太過沉溺，還是會著涼的。

我願意為你

今夜的天空瞇起眼可以看見滿天的星星，望著爍爍發亮的橋，突然覺得如果這時候隕石要落下，也不是不可能的事，我得告訴你，這裡已經替即將來到的你，鋪上了最華麗的地毯，我就在這裡迎接你的到來。

心裡想著突然笑了出聲，因為這好像真的是隨時可能發生的事，所有奇妙的際遇都隨著你來到我眼前。如果是你是那顆將要落下的隕石，我想我已經做好即使會粉身碎骨，也要接住你的準備了。

你準備好了嗎？

我們會在悄聲無人的夜裡相撞，接著一發不可收拾。枕著相遇
的所有碎片，跌入悠長的夢境，用浪漫繼續餵養彼此的靈魂，
然後沉沉睡去。

離開的視角

明知天氣與你無關，卻還是在下雨的日子，想起你。

驟降的氣溫連帶眼角和心情一起落墜，起霧的車窗早已替遠方的盡頭，刷上一層淡淡白霧，使悲傷看上去不那麼明顯，喜悅亦無法被張揚，所有情緒看起來都像是透明。

倚著車廂隨著顛簸的軌道搖晃，戴上耳機只是重複播放，頭靠著牆呈現 45 度角，他們說這是自拍的最佳角度，可是現在已經沒有必要，看著面無表情的路人，各自栽進黑色的屏幕，好像此時整個車廂是傾斜的也不會有人發現。

今天清晨下了一場雨，以為能沖淡整夜的想念，卻硬是把所有

回憶暈染開來，看出去的世界都是潮濕而模糊的樣子。

四季交替時總得經歷一連的雨天，那些屬於春夏或秋冬的回憶，隨著時間被沖淡或者更加鮮明，季節與記憶的更迭都是必要的，只是你離開以後，這場雨好像永遠都下不完。

曾經，看見什麼都與你有關，整個世界像是一朵花，從你的眼角綻放開來，雖然現在還是一樣，什麼看起來都與你有關，卻也什麼都與你無關了。

輯二

夢的低語

脫隊的魚

記得那陣子為了準備電影的前置作業，毅然決然辭掉了將近兩年的兼職，起初心裡還有點不踏實，一部份是來自失去了穩定的收入，一部份是看著身邊的朋友們，一個個都正規劃著未來，準備升學考試，大家都漸漸上了軌道，自己卻在這個時候選擇脫隊，成了不合群的那隻魚。

從此以後，所有的歷程與感受都不再相似，離開了同溫層到了新的水域，偶爾還是會和熟悉的魚群們相聚，大家還是像以前一樣，熱絡地談論彼此生活重疊的部分，可這時候的你，卻像個重新被放回魚缸裡的魚，隔個一層透明塑膠袋，望穿一張張熟悉的臉孔，半句話都搭不上邊，只是淡淡笑著。

不過慶幸的是，終於不用在學校與工作間折返跑了，接下來總算能把其餘的時間和心力都專注在一件事上，這是很值得開心的部分。

打開行事曆不再是熟悉的色塊，上面被排滿了五顏六色的表演課、體能課、鉛球課和模擬吊鋼絲的日子，接下來能夠安排游泳及跳水課的時間，幾乎是所剩無幾，但同時這兩件事也是我一直以來最擔心的。

時間很快地來到了最後一堂課，隔沒幾天就要拍游泳比賽的戲，而我卻還不會跳水。

當時正好遇上寒流，才剛換上泳衣便忍不住打起冷顫，我閉上眼睛深吸一口氣，試圖將更多勇敢填進胸腔，勉強地將半個身子泡進水中，此時的身體還不適應冰冷的水溫，頻頻發抖。教

練說要練習在水下呼吸，身體會比較快適應，於是我一鼓作氣將整顆腦袋浸泡在水中，好讓自己進入狀況。

今天是我把跳水練習好的最後機會，因為一般的游泳池是禁止跳水的，我只有三個小時可以學會這件事。但自從上次在五米深的跳水池體會到差點溺水的經驗後，要克服心理層面的恐懼學會跳水，便成為了一件更為困難的事。

我站上跳台擺好預備姿勢，眼前接著是一片黑，無名的恐懼竄進腦門，想起了小時候溺水的一次經歷，事實上那是在泳池邊滑倒，然後掉進了一個深不見底的池中，我想不起來自己是怎麼被救起來的。

只記得上次感覺快要溺水的瞬間，當你在水中失去控制，好不容易下沉到五米深的池底，發現終於能夠踩到地板，努力往上

跳浮出水面後，以為自己得救卻抓不到任何東西，還沒來得及
吸上一口氣，硬生生又沉入水底而嗆水的瞬間，我像是一隻忘
記如何游泳的魚，就這樣呆立在那，一動也不動。

交換秘密

每個人在成長的路上，多少都經歷了只有自己能理解的過往，也許是不願再去回想的曾經，也許是早已深埋在潛意識裡，那無人能抵的湖泊中央處，只是偶爾被類似的場景觸動，漾起陣陣波紋，隱隱投射在無人知曉的睡夢中，那是一些還無法被觸及的私密。

夢的彼端，我們都會設法找到屬於自己的一段路徑，那段路途足以讓我們去找尋或逃避，無論是踏進層層山巒，或潛入騰騰海浪裡，有的人找到方向，有的人因此釋放，有的人享受隱身其中的姿態，有的人則依然迷失其中。

我們都在各自的路上前進，行囊裡背著珍視的一切，踏著或快

或慢的步伐，時而沉重時而輕盈，經歷險峻的壓迫後大口喘
氣，吐出白霧的熱氣，偶爾痛苦卻也感覺活著。

我想部份的我們，都伴隨著記憶的繩索，隱身地圖供人踏尋，
每個人都藏著秘密，也代表著秘密。

抱抱，親愛的妳

對演員來說，要在上戲前把那些角色之外的情緒拋開，學習清空自己便是一項必要的功課。表演者像是一個載體，需要擁有足夠的空間，才能承載關於角色的一切，進入當下。

可生而為人，我們每分每秒都在改變，上一秒迎接喜悅，下一秒承接悲傷，是合理不過的事，我們不像是機器人，只要輸入指令，便可以清除關於我們不堪回想的記憶，甚至只是當下無法被梳理的情緒。

這些理所當然的反應，是直到某一次真的承受不住了，才發覺一直以來，我總是在壓抑那些本來就該存在的情緒，每天在冰冷的海平面上載浮載沉，努力踢著水換氣，可一口氣都不留給

自己的心，一昧地壓抑著，因為日子忙碌也不曾回過頭好好正視、安撫內心的孩子，於是一天天她被恐懼、不安、焦慮種種負面的情緒，餵養成無法控制的小獸。

在很多時候她很悲傷，可她的悲傷不被允許發生。

那一天，她最多也只能做到，讓眼淚撲簌簌地濕了衣裳，在那個當下我們都明白，這是一件不被允許的事，但誰都阻止不了，同時也不明白這一切為什麼會發生，眼淚就只是這樣不停地流，眾人的目光集中在頭頂上方，而她不知道除了一地的淚水，還能看向哪裡。

「所以妳為什麼要哭？」對不起，我真的不知道。

屠夫與白羊，還有我

事發至今，我依舊找不到一個適切的形容詞來表達我當下的處境，倒是有個名詞完全貼切地符合所有情境「黑羊效應」，如果你想知道那段我沒有說出來的故事，可以試著去 Google 你便會明白一切的來龍去脈。

那時候仍是心存滿滿的感謝，收工後和每個人說謝謝辛苦了，明天見，每天帶著滿滿的無力感回到租屋處，一個人坐在頂樓的平台上，抱著膝蓋呆坐著不動在那，像個石雕像彷彿沒有自己的靈魂，所有價值都是世人所給予的，心逐漸下沉的同時沒有任何回音，沒有任何感覺，腦裡只有一個念頭。

「對不起，也許是我真的不會演戲。」

已經想不起來那段日子是怎麼過去的，只知道正式殺青後，我依舊深陷在自責的迴圈裡走不出來，要知道失去方向感的人即使帶著地圖，也依然走不出那深深的絕望。

結束工作後過了一段時間，我搬了家，離開那個充滿與上一個工作有著連結的環境，以為脫離那個為了當時的工作而搬進的小套房，心裡能夠舒坦一點，可是並沒有。

那些你以為跟著搬家時捨棄的一切，也許能夠連帶著所有惡夢一起被遺忘，可是並沒有，到了新的環境你以為可以不再被影響，但還是一樣，日日夜夜地被一群白羊所踐踏，屠夫的臉孔出現在一次又一次驚醒的夢魘中。

如果你也意識到自己是團體中的屠夫、白羊或黑羊，那麼做點什麼都好，一起停止這個惡的循環吧。

惡夢

經歷那段痛苦的日子以後，我幾乎是不敢再去回想的，那些尖銳的話語、神情、嘆息聲，一個接著一個被串起，本來以為隨著時間淡忘的碎片，在夢境中不斷出現提醒著自己。

即便是現在回想起來，還是不免感到一陣缺氧，那時候幾乎每一天，都像是溺水爬上岸一般，這樣的大口喘氣然後醒過來。

那些毫無規章的，幾乎佔據妳休眠時僅有的小小喘息，也許妳曾試圖把它們堆置在看不見的地方，這樣一來，至少眼不見為淨，心裡想著，這樣總行了吧。

可人在脆弱的時候，哪怕只是一句無心問候，那些被藏起來的

線球，就這樣被輕輕地挑起，一團纏著一團，措手不及地傾洩而出，於是只好一次次，在慌亂中學會收拾自己，不知所措的時候先用力深呼吸，盡可能不讓自己的狀態，影響到環境與周圍的人，但在這之前，我們先對自己輕輕地說，沒關係，只要練習久了，總會有熟練的一天，對吧。

此題暫時沒有答案

我們這一生都在追著數字奔跑，小的時候是成績，到了青春期還得毫不留情地加上身高、體重，甚至是三圍，這些更是無法被期待的數字；出社會後能定義我們的，似乎也只能是存款簿上那沒有生命的數字，再過個四年五年，我們漸漸能夠定下心神凝視前方的路，回首卻看見父母親彷彿一夜長出的白髮與皺褶，而慌亂了步伐，隨即你望向愛人的眉眼，撫著彼此的掌心，倚著相伴的溫度，轉注目為兒女的腳步。

霎時，你看見那個曾一路埋頭跟隨，而看不見自己影子的影子，在許多的不得不，你的腳步才開始緩了下來，回到自己的配速。

人終其一生，都在追逐著數字，或者說，被數字追著跑。

有時候你也不明白在追什麼，只是跟著大家一起，朝著你也不是那麼確定的方向，用盡全力地邁開步伐，因為一旦不這麼做，你就必須擁有更多的勇氣，去面對自己的落單，去接受別人看待你的不同。

有時候當你意識到在追逐什麼的同時，也許時間已經在你身後張揚地敲鑼打鼓了，然而這一生中，所有的追求最終都會失去，那我們要為什麼努力才值得呢，我好想好想知道答案，或許是一路以來，不斷支撐我繼續往前的信念吧。

致生命中的所有邀請

此時此刻，空氣散滿了濃濃的不確定感，每吸一口氣都感覺快要窒息，二十一歲的我，怎麼會在這裡，在這裡進行無夢的短暫淺眠，帶著惺忪的睡眼癱坐在桌燈前，腦中一片空白，盯著隨著日子泛起黃暈的老式檯燈，深沉的橘黃色已不再像當初溫暖而張揚。

我們會不會有點像，在還沒注意到歲月停留在身上的痕跡以前，不斷地被時間無止盡地越過，許多日常就這樣悄悄地從生命流逝，然後被推向更遠的地方，漸漸被更多煩惱與悲傷埋沒，平凡美好的日常都終失去在場證明。

這陣子的心情很複雜，回顧生命中的所有邀請，每一次都像是

突如其來的美夢，常常覺得自己是個被宇宙眷顧的孩子，在很多被選擇的時候，我似乎是較為幸運的那一個，但好事當然不是每一次都輪得到我，很多時候我也是不被選擇的那個人。

可每當機會來到我面前，我總會覺得自己還沒準備好，還不夠有能力去承接這樣的幸運，深怕自己會不小心把一切搞砸。可是如果你問我，什麼時候才算真正的準備好，我想我也回答不出來，因為在我的世界裡好像永遠沒有那樣的一刻，沒有所謂真正準備好的時刻。

是呀，即使如此糾結，但現實依然很殘酷，當你不懂得好好把握在你眼前的機會，它便會毫不留情地從你面前溜走，頭也不回的，於是錯過。我們只能在一次次面對重大抉擇時，先學會放下心裡的恐懼，勇敢地跨出第一步，再試圖解決遇到的每個難題。

無法說不的妳

想起十八歲時的片段記憶，那時候正為了電影的拍攝做前期準備，小夢在戲裡幾近是十項全能的體育好手，而戲裡又有小夢參加游泳比賽的橋段，當時剛拿到劇本準備要和經紀人碰面開會，前腳才剛踏進公司，經紀人見到我第一句劈頭就問：「妳會不會游泳？」

我像是進校門被教官叫住一樣定格在那，雖然沒有做錯什麼事，但臉上寫滿了心虛。看劇本時，我已經想到會有這樣的一題，但沒想到是在這樣面對面的情況下。

「所以，妳會游泳嗎？」好的，又是一記直球。

畫面上的我像是當機一樣，腦內急速運轉著該如何回答，畢竟以事實層面來說，我還沒完全學會換氣，應該被歸類在還不會游泳的那類人。

當時才剛接到小夢這個角色，像是剛確認一段關係，還不是那麼肯定自己是對方心目中的完美人選，害怕自己說出我不會，便會破壞對方心中的完整度，甚至離角色的距離越來越遙遠。

我遲疑了片刻，擠出些許尷尬的笑容回答：「一點點…」好一個既模稜兩可又曖昧的回答。

慶幸我的經紀人一陣直球連發，最後還是請劇組幫忙安排了游泳和跳水課，真是太好了，我心想。那天離開公司後，我開始反省自己，為什麼當下就是無法直接地說出我不會，內心超級糾結，懊惱的同時也明白這樣對溝通來說是很大的障礙。

這個習慣一直跟了我好幾年，在任何形式的關係裡，總是習慣先把真正的想法藏在話語之後，對於心裡的感受也總是用較迂迴的方式表達。

幸運的時候，你會遇到願意花上時間和耐心，像洋蔥一般將你的心一層層剝開，願意循序漸進理解你內心世界的人，可這城市大部分的人都很忙碌，你不說對方永遠不會知道你真正的想法，很多時候就這樣過去了。

那些我們該好好表明心意的當下，卻因為各種原因錯過了最好的時機，就像一段關係裡的黑洞，把所有人與人之間的可能都給吞噬。

於是練習說出心裡話，便成了我出社會的第一門課題，直到現在都還持續在學習著，此題沒有捷徑也沒有答案，只能從一次

次的練習中找到適合自己的方法。

如果你也是這樣的人，同時這樣的習慣替你帶來困擾，那麼想改變自己行為模式的第一步，就是找到自己在關係裡的慣性，當你帶著覺知與人相處時，你會漸漸發現自己的某些慣性，也許是為了避免衝突而妥協，也許是習慣先滿足對方的要求，而把所有的感受放在最後，試著去傾聽內心的聲音，你的心會告訴你想要或不想要。

無法做決定的時候，先停下來思考，你的心會告訴你答案，慢慢的你會發現，其實把內心的想法說出來，真的沒有那麼可怕噢。

違心的時候

在日子裡忙碌的你，會發送一封短訊，給想念的人嗎？

「今天看到這個的時候想到你。」
「什麼時候回來？」
「欸！很想你耶～」

每當我的家人、朋友，許久沒見到我的時候，便會發送訊息，
來傳達一份重重的思念。

在傳遞和接受思與念的過程，這是一種好有愛的魔法，它能夠
為被想念的人，甚至是自己，帶來一股強大的能量，令人更有
動力去努力、去完成某件事。

當我覺得一名演員很有魅力，正是感受到他卯足全力的拋下一切，投入另一個時空的當下。

身為演員，要活在角色的世界裡，大多的時間與精力，毫無疑問地都得投放在角色身上，才能與角色越來越靠近。

但這個時候，換上角色的皮囊，進入角色的世界觀後，我還能夠偷偷的在腦海裡，想念自己所想念的人嗎？

如果說想念一個人，是一種情感的本能，可演員卻必須在投入表演的當下，把這些東西暫時放下，或者有些人會選擇轉換成另一種投射，不知道這樣算不算是一種違心呢。

輯三

不期而遇

夢遊

陷在下沉的沙灘，任由浪潮拍撫著心事，像一隻難捉摸的貓，
以為享受其中，卻突然地掙脫，甚至重重地反咬一口。

太多的時候，來得措手不及，一轉眼，平行的線只剩下粉橘色
的尾巴在張揚，大人們只是看著，看著眼裡透著光的孩子們，
深信自己追得過夕陽。

突然想到有一種魚叫雙帶鰺，牠有個很有詩意的英文名字叫
Rainbow Runner ── 彩虹跑者，這種魚不太怕人還有點貪吃，
越小隻的魚群，越容易聚集在一塊。

看著這群孩子，腦裡浮現了這種魚的名字，緊接的畫面，不是

這種魚的樣貌，而是自己小時候三五成群的樣子。

不知道從什麼時候開始，也就習慣一個人了。

並肩而走的兩個人，總會有一方習慣走在左邊，聽說這樣離對方的心，會更近一些，而只要一直走下去，多數的煩惱終歸會擱淺在沙灘，隨著浪潮回歸大海。是嗎？

遠處的街燈把影子拉得很長，我們變得不像我們，那個孩子的笑顏逐漸淡了，取而代之的是一雙瞇成新月的眼睛，帶著濃濃睏意繼續夢遊，記得或不記得，都是長大的事了。

離家初走

真正開始離家的起點是十五歲，當時為了到台北唸書而開始為期五年的住宿生活，儘管家就在隔壁的新北而已，但單程卻得花上近兩個小時，得先步行至公車站，再搭捷運轉乘三種顏色的路線，出站後步行一段長長的上坡，才好不容易抵達校門口。

這對於習慣上車倒頭就睡，還曾經睡到底站又被送回反方向而錯過考試，執迷於賴床無法清醒又天天早八的我來說，如此的早起行程實在有太多考驗，於是住宿的生活就這樣展開，回家的日子便成了一週一次。

開始離家的生活後，雖然和家人的距離變得遙遠，但關係似乎

變得更緊密了，有了可以查問彼此日常的完美理由，訊息變得比以前更加頻繁，平時情感總是含蓄的爸爸總會時不時傳來訊息關心，還學會了用貼圖傳情。

那些長大後很少再聽到的甜言蜜語，成了一則則令人會心一笑的貼圖表情，唯妙唯肖的貼圖角色，配上大大的「愛你喔！」、「想你了…」、「抱緊處理。」、「吃飯沒？」

雖然你知道這些文字不是他親手打的，但你可以想像得到他抱著手機思索半刻，已讀好一陣子後，才精挑細選好要傳給女兒的貼圖，滿意地按下發送鍵，露出一抹笑容，光想像那個畫面就忍不住噗嗤一笑，完全是前世情人的模樣呀。

距離產生美感，似乎是真的有這麼一回事，因為難得的見面，家人之間對彼此的容忍程度總是大過於前，日常的對話變得更

加圓融，偶爾撒嬌也在分別的時候變得合情合理。

離開家裡後，雖然和家人物理上的距離被拉遠了，可是心與心
的距離，好像又更近了一點。

回不了家的日子

當開始意識到那些時光留下的斑駁，與不可回溯的紋路，才漸漸找回對自己來說，真正重要與需要的是什麼。

第一次有這樣的感覺，是發現回家的路途一次次變得更遠了，它不是那種路程的拉遠，而是回家的日子被推得更遠，一再的延期，一再遙遙無期。

才剛約定好回家一起吃飯的日子，臨時收到了工作訊息，只好再撥回電話，接通後是一陣沉默，是我不知如何開口的沉默。媽媽總在電話那頭搶先安慰著，「沒關係呀，工作重要你就去忙。」是呀，工作重要，可是難得可以一起吃飯也好重要。

每次通話的最後總會被問起，最近是不是又過敏了，鼻音怎麼這麼重，我保持一貫的回答，對呀，我媽每次總深信不疑地碎念著我，是不是又喝冰的、吃太甜，接著幫我科普最新的過敏兒小常識，這個時候我便能放心地按下靜音鍵，開始大擤特擤糾纏已久的鼻涕，身為過敏兒的最佳藉口，我倒是發揮得淋漓盡致。

想起小時候的自己，為了避免和家人的衝突，晚歸時的來電總是故意不接，可電話總是奪命連環般地響起，一連幾通後終於還是接起電話，話筒的另一端總是不免傳來嚴厲的語氣，年輕氣盛的我總是用著不耐的語氣回應著，盡可能讓通話時間維持在兩分鐘以內。

長大後父母的來電漸漸少了，手機不再顯示晚歸的未接來電，偶爾打來也是響了一通後沒人接，便就此打住。一起吃飯的日

子少了，能夠相聚的時間變得奢侈，小時候颱風天一家人圍在一起煮泡麵的時光，總在夜裡倉促解決一餐的時候想起，一口接一口，越吃越鹹的泡麵，我想這次又是過敏惹的禍。

甜味

「弟弟吃水蜜桃，甜吼？」
「來，這個高麗菜有沒有甜？」

以前在學生家裡吃飯，姨媽總是會這麼問弟弟，雖然我們都
知道水蜜桃是甜的，但蔬菜會是甜的嗎？

這個疑惑在我心中埋藏了許久，回想起小時候阿嬤和外婆也
很常夾著菜到我碗裡，一邊對我說「來，這個多吃一點」，
一邊用肯定的眼神問著「有沒有甜？」，當時的我有點困惑，
搖了頭後又點點頭，到底是甜還是不甜，坦白說我還真的不
太確定。

小時候無法了解的事，大人總說等有一天長大你就知道了，於是很多事情就這樣沒有答案，直到有一天好像也就開始明白了。

在以前的那個年代，任何物資都是稀有的，哪戶人家生孩子了，產婦能夠吃上一口紅雞蛋，都稱得上是令人羨慕的事。年幼的時候，覺得蔬菜和瓜果是無味的，年老的長輩卻篤定地說著有甜味，我想是因為他們真的嚐過了苦頭，才能品嚐出許多生活裡微小的甜吧。

孩子教會我的事

那時的我像是一隻貓，用盡全力狩獵著眼前所有事物，下午五點二十分，鐘聲準時響起，我總是第一個離開教室，用著最快的速度奔下山坡，快速交換腳步的同時一邊查看公車班次，在抵達山腳前判斷出最適合的交通工具，好讓我能在五點三十分以前準時抵達學生家。

因為工作的緣故，時常能夠看見一個家庭的各式樣貌，從踏進門便能夠感受到這個家庭的氛圍，看著家庭成員間彼此相處的模樣，心裡常暗自想著，不知道自己以後會住在什麼樣的房子裡，或是會成為什麼樣的大人。

想起有次才剛進門，一聽見開門聲，學生便興沖沖飛奔到我

面前，遞給我一個破碎的零件，問我會不會修，我問他那是
什麼東西的零件，他拉著我的手到了爸媽的房間，指著一台
零件四散的 CD 播放器，那些破碎的殘餘被聚集在牆邊的一
角，和被整理過的房間呈現強烈對比，彷彿它們不存在同個
空間。

「怎麼會變成這樣？」我想像了各種可能，不同角度那台 CD
播放器從高處落下的畫面，但這孩子爬得到最高的地方，頂
多也就是另一個房間的上舖，從那個高度落下的力道，我想
也不至於讓它變成這樣。

弟弟面有難色，露出好像想說又不想說的表情，發出長長的
「呃…」，接著緩緩地說那是爸爸砸的，我問為什麼，弟弟
接著說，因為媽媽對爸爸生氣，爸爸就變得更生氣，然後就
砸東西了，我問他那你有嚇到或是受傷嗎，弟弟想了一下說

沒有，因為媽媽那個時候叫他跟更小的弟弟待在房間，可是他偷偷地看了。

我想起弟弟以前的樣子，偶爾也會因為事情不如他所預期，便情緒失控大發脾氣，開始大吼大哭或推人，在安撫弟弟的情緒時，我很常被他突如其來的砲火給波及，甚至曾被他抓傷或推擠，在那個當下感到疼痛又無力的我，也變得需要壓抑自己的怒氣，才能心平氣和地繼續引導他。

有一次因為他的玩具被更小的弟弟搶了，兩兄弟爭執的時候，爸爸語帶強硬地說，你是哥哥本來就應該讓弟弟，快點給他，弟弟聽了氣得扔下玩具，跑回房間開始砸東西來表達他的不滿，我試圖想安慰他，但那時候陷在情緒裡的孩子根本什麼都聽不進去。

那天我做了和平時不一樣的選擇，我趁著他砸東西時的縫隙，一個箭步上前抱住他，連同他的手臂一起，很扎實的那種擁抱。我對他說，我知道你現在很不開心，因為玩具是你先開始玩的，我有看到，但是你最後還是願意讓給弟弟，你願意分享很棒喔，我們大家都有看到。

他的情緒比平時更快地緩和了下來，開始願意坐下來對話，我們討論為什麼會有生氣的感覺，還有下次遇到該怎麼辦，可以怎麼表達自己的不舒服，用砸東西跟動手的方式表達會帶來什麼後果。

我們花了好長一段時間，才慢慢找到面對生氣這件事的辦法，雖然偶爾還是會有情緒激動的時候，但至少變得越來越會表達自己的感受，不會在第一時間做出和以往一樣的慣性。常覺得和孩子一起面對課題時，我也同時在學習進步著，這樣

的感覺真好。

生活就像是一面鏡子，你給予什麼，它便回饋你什麼，這樣的回饋感在孩子的身上更為顯著，他們的喜怒哀樂是最誠實最直接的，你可以看見他的進步，從不會到學會一件事的過程，你對孩子投以愛，他們便能擁夠有，予以更多愛的能力，我想生活也是如此吧。

紅色的小金魚

和記憶玩捉迷藏這件事，我想是與生俱來的本能。

在五專時期裡我最喜歡的一份打工，就是兒童美術家教，那時最期待的就是每次上課，和孩子們一起把天馬行空的想像實踐成真，一起小心翼翼地橫拿著蠟筆替衛生紙上色，摺出花瓣的樣子再纏上綠色的花莖，綁上從媽媽那裡搜集來的禮盒緞帶，繞成一束大大的捧花，送給媽媽一份驚喜。或是就單純地畫畫，想畫什麼就畫什麼。

我很喜歡看小朋友們畫畫，他們的畫裡總是藏著很多大人們不知道的秘密，以前當家教時，有個小女孩某一陣子總是喜歡把自己的臉塗成紅色，自畫像裡小女孩，嘟著嘴的樣子像

極了一隻紅色小金魚，女孩的媽媽在一旁皺著眉無奈地說，
她跟妹妹講了很多次，但是她都很堅持要塗成紅色的，要我
好好幫忙教她怎麼用對的顏色畫畫。

雖然我心裡想著創作的一大魅力來源，就是在於這種地方呀，
但我還是笑著點點頭回應。

那一次上課，我問了小女孩：「為什麼妳的臉是紅色的呀？」
她皺了皺眉頭扁著嘴沒有想要回答的意思，我笑笑接著問她：
「妳想要把臉畫成紅色是因為有點害羞嗎？」

「才不是，是因為太陽很大很熱。」妹妹盯著那幅畫沒好氣
地說。

「噢～原來是因為太陽很大所以臉被曬得紅紅的呀！」頓時

我笑了開懷，覺得自己似乎問了一個很理所當然的問題。

後來的每一次上課，我還是繼續和小女孩尋找她畫裡的許多日常，她總是眼神發亮地和我說著小秘密，那段時光是充滿驚喜的，孩子們的視角真的很有趣。

躲貓貓

想起小時候最喜歡搶著撕下每天的日曆紙，在紙上畫滿一日的行程，春天的校外教學、夏天夜市的棉花糖、秋天的葉子還有冬天的玉米濃湯，都藏在一張張日曆紙的背後，隨著年紀增長的我們，這些生活的軌跡都看似不再新鮮，於是一天天被埋藏在枕頭底下逐漸淡忘。

只是偶爾還是會被某段熟悉的旋律吸引，在急促中停下腳步聽到那一段歌詞，在人群中聞過一陣熟悉的氣息，便急著回過頭尋找腦海中熟悉的身影，讀著一段陌生的文字，卻措不及防地看見某個時期的自己。

即使長大了，生活曾經運行的軌跡，依然和記憶玩著躲貓貓。你永遠不知道它什麼時候又會出現。

來自試鏡間的禮物

終於來到試鏡的最後一個環節，導演說：「還有一個即興考題，你可以嗎？」

我想都沒多想，立刻點頭說好。

導演接著要求我閉上眼睛轉過身背對大家，同時一邊調整著我呼吸的頻率，給予的指令從緩和到急促，突然間指令消失了，整個房間剩下我的呼吸聲和一片沉默，我心中暗暗緊張接下來將要發生的一切。

呼吸持續急促著等待下一個指令，迎來的是導演模仿頒獎典禮主持人的口吻，一字一字，緩慢地唸著：「最佳女主角，

獲獎的是…」然後一陣沉默後說：「項‧婕‧如」此起彼落的掌聲響起，我被這一刻弄糊塗了。

我睜開眼睛有點僵硬地轉過身，困惑與不可置信全寫在臉上，正好對上導演不知道什麼時候架好的鏡頭，突然覺得這一刻很不真實，但又好像有點相信了，一種難以言喻的感覺。

事實上我從來沒有想像過，這一天會那麼快到來，還來不及準備感言和排練，我甚至不知道當下該怎麼起頭，只知道心中有很多的感謝，於是本能地開始感謝起家人，感謝身邊的工作夥伴，感謝評審們的肯定，說著說著有點哽咽，突然發現這一路想感謝的人有點太多，瞬間覺得自己一路以來被很多的愛眷顧著，話還沒說完，眼眶早已經先泛紅。

「家人有沒有在現場呢？」

我說爸爸媽媽在電視機前面，我邊對著鏡頭向電視機前的家人揮手喊著：「爸，媽！我在這裡，你們有看見我嗎？」此時的我好像可以想像得到，我爸媽在電視機前的表情，心裡偷偷想著他們一定替我感到很驕傲吧。

「有沒有什麼話想對爸爸說？」

我腦裡浮現了這樣的畫面，對著鏡頭另一端的爸爸說。

爸，你還記得我們有一次在雙溪，準備送哥哥去讀高中的時候嗎？那天你心血來潮租了一台腳踏車，準備想教我怎麼騎，那時候我好擔心又好生氣，一直跟你說我不要，因為我覺得我們一定會受傷，你明明行動不方便，而且那裡又是一段長長的下坡，超危險的，你還記得嗎？

我一邊說一邊流著眼淚，不想讓我爸媽看到我在哭的樣子，於是側過身像是對著旁邊的人說。

但還好那天我爸很堅持，雖然我真的覺得很可怕，但還是選擇相信爸爸，坐上了腳踏車，我們就這樣一前一後「卡」在腳踏車上，我爸因為小兒麻痺沒辦法踩踏板，所以那時候我就負責踩，爸爸就負責維持平衡掌控方向。

那天下午我當然還是沒有完全學會，可是我們一起面對了看起來好可怕的事情，在那之後，我也真的靠自己慢慢學會了騎腳踏車。這讓我知道，面對一個挑戰，儘管會有恐懼、有害怕，但只要勇敢地面對，並且去嘗試，就一定會有收穫，一件事情，不是努力就會成功，但不努力一定不會成功，這是我爸爸教會我的事…

此時我的鼻涕大概已經沒有極限了，導演接著問，你的獎盃
要送給爸爸或媽媽嗎？

我邊吸回失守的鼻涕邊笑著問，我可以自己留著嗎？導演回
答，可以，接著收起了鏡頭。

我想在那個當下，我是真的相信了。這是我這輩子都不會忘
記的體驗。

那時的我正經歷工作以來最低潮的時刻，反覆困在自我否定
的迴圈裡，走不出來。回顧人生大大小小的低潮，好像很多
時候都是在這樣沒有預期的狀態下，突然得到了一份力量、
一份繼續相信的理由，就這樣被鼓舞著繼續前進。

我不敢保證經過那次的試鏡以後，就不會再有否定自己的念

頭出現，但我會一直記得在那天，我找回了一個很棒的禮物，叫做「相信」。只要你願意相信，那麼這份相信，便能夠帶領著你，到你相信的那個地方。

我還是會繼續相信，謝謝每個願意先相信我的人。

詩 輯

暗 裡 有 光

光

遇見你之後
我變得不那麼怕黑
因為你始終讓我相信
你擁有 100 種明亮我的方法

郵票

她把她的青春

都交託給出嫁的那天

像是與生俱來的天性般

她乾涸的背對著

他人黏貼的慾望

從濕潤的剎那

一旦被猶豫了

便會羞怯的

彎向自己

失去黏性

偏執狂

用沾滿蜂蜜的指尖
啜飲無盡的慾望

晨光無息
打散了輪廓
你的記號擴散在我
一圈一圈
放大的瞳孔

於是清晨的窗光
凝結了一切
蟻群窸窣停留
你盛放喜怒哀樂的窩
而使我揚起的都源自於那

我們在鋼索上相擁
試圖把 21 公克
完美相容在一起
學習不動聲色 屏氣
把自己縮得更小更小

他們說這是
背道而馳
可我依然深信
這就是 愛情的樣子

愛的結晶

我們擁有相同的碎片
在無垠宇宙中 相互吸引
愈來愈靠近 直至 相撞引燃

散落的殘骸為彼此
舖好做夢的床
枕著思念
闖蕩一個個
沒有相約好的
夢境 如果可以

如果可以做一個夢 我想
墜入你的世外桃源
而我會心甘情願

匯集所有悲與歡的淚水

為你生成一座湖泊

被你需要 使你依賴

療癒著傷痕

刻劃著草與木

擁著湖泊的土壤

便會生成一座

充滿可能的雨林

有你 也有我

還有我們

只剩我們

好不好

花園

在遇見你以前
我是如此深信

人們喜愛的暮靄
與繁星點點的浪漫
都比不過指尖的灼紅
與一地的焦灰 來得止痛

日日的吞進又吐出
被生活活生生地褪去

在你眼前如此赤裸地
在眾目睽睽之下
我們交換眼神

交換菸草
交換氣息
交換愛

吸引我的不再是
頂樓滿地的灰燼

而是你目光的餘燼

所有美好的光景
都從你眼角開了花
溫柔的字句在我心頭
發了芽 我用淚水灌溉
你用愛液滋潤著

受傷的心漸漸容得下
被過路人有意無心
踩壞的蝸牛碎片

我們
交換夢境
交換體液
交換口中
的每一口

於是為彼此心上種下自己
深深的 淺淺的

靠海

那些浪潮洶湧的日子
你是我唯一的風平浪靜

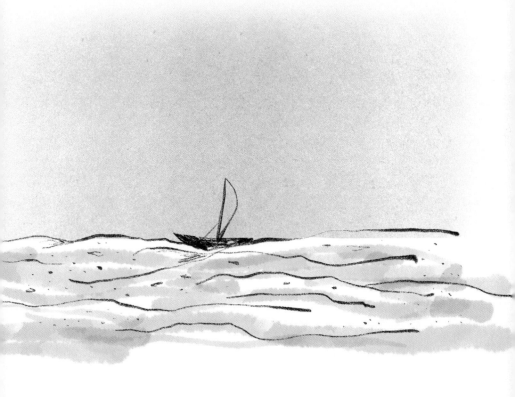

如果可以 1

如果可以我想
成為你瓶中
僅存的一口水
使你為我停下腳步
在這難以駐足的水泥森林

只為飲下
最後一滴渴求

如果可以 2

如果可以我想
成為你手中
最不可或缺的
被你時刻捧在手心
在任何需要知道
或不被需要的時候
至少還能一直
貼近你的體溫
知道關於你
最多的祕密

於是動了心

你是跌落在春暖花開時的熊
一隻毛絨裹著厚實棉花的擁抱
總能治癒許多悲傷 在很多時候

在每一個未知的未來
在上一秒與下一刻之間
你總能理解許多人的不明白
使潮濕的房子 逐漸乾燥而明朗

好比孩子學步時跌的傷
而你總有你的辦法
使哭泣飛而忘卻疼痛
你是擁有魔法的熊
卻不懂得對自己施展

可你深深相信

會有捉到蝴蝶的那天
你會小心翼翼的

給她安全又可以展翅的空間
儘管在你厚實的掌間
可她依然願意
不為花兒起飛

我說你像貓

初次見面只用一眼
來確認彼此氣味相投

用冰冷的掌
相互取暖
在分別的時候
深深擁抱
為彼此沾染上
每一口吐息

在四處
飄動的毛絮
只有彼此知道
那是相擁整晚的痕跡

任性時
狠狠咬下一口
留下彼此
相愛的結晶

你慵懶的步伐
緩慢了整個冬季
你給的像雪
輕輕落下
卻在不知不覺中
那麼鋪天蓋地
發現時早已悄悄
被換上一片白的濾鏡
我看不見自己
卻能感受你

甜蜜蜜

將那些未完待續

繾綣成一朵棉花糖

你說 好不好

至少我們

還可以

一起枕著

沒有相約好的夢

一起乘載

小小的獸們

在無數淺眠之中

讓那些尚未成熟的

擁有一點

期盼的可能

即使只是

某刻剛被發芽的慾望
即使只是
裹著短暫的
甜蜜
即使只是
躲不過一場
沒有被預報的大雨

那些曾經難以割捨的
好像也只剩下
蟻群在騷動了

留下來

那些無法
被晴朗的日子
即便鑿開了身上所有的孔
光依舊曬不進那潮濕
沒有盡頭的黑洞

（你願意留下來嗎）

我們可以一起
摸黑看一場電影
在最後的夜晚進行
沒有燭光的晚餐
計畫逃跑
或

留下來

在黑暗中給彼此
最貼近赤裸的擁抱

我們可以一起練習
在光還未抵達前
數到三 撐開
畏光的手指

直視那些
曾經
不忍直視
或

太過刺眼的

留下來 好不好
至少我們
還能是我們
我們可以一起
想出更好的辦法

讓明天比起昨天
又更接近好一點

Dear _____

若你總是
走在我的前方
那麼我的影子
便會映照在你背上
成為你最甜蜜的負荷

我愛你愛我
連同我的影子都愛

禽獸沒有前戲

想和你一起逛逛 IKEA
你卻徑直的走向
收銀台後的庫房
搜刮了所有渴求
卻忘了將我的靈魂帶上

冬眠

讓月光
把潮濕的記憶
烘成小小圓圓的豆子
找一塊合適的土壤
將其灑下 時候到了
便會長成一片森林
有你 也有我
我們的影子
都在那裡

可是
沒有我們

愛情動作片

他們說演戲
要不著痕跡
一個眼神
停頓的呼吸
便能使人相信
那些肉眼看不見的

我想你可能
早已經
重蹈同樣劇情
比如 不著痕跡褪去
那些乖巧待在床緣
待被遺忘的麻花捲

硬生生穿過
無菌的潮間帶
離開時一再復誦
那些電影經典對白

對不起 你太好了
我配不上你

墮落的姿態

你轉身後
雨還是一直下

理所當然的等待
都顯得更漫長

褐色的瞳孔
起了大霧
映不出任何
被記得的輪廓

你眼睜佇立雨中
假裝凝視一場洗禮
是以何種姿態

墜落 再以
極其緩慢的悲傷
落墜 消失

容許自己
在潮濕的季節
反覆敏感於眼淚
沉默 有時 停滯

別無選擇的人們
只得繼續聆聽

無線電波

岸的兩端 我們
相隔一片海的距離
乘載著彼此的最私密

囈語灑落在枕芯上 熙熙攘攘
像四散的羊群等待被引領

夜晚的草原沒有牧羊人
在遇見你以前
我只得暫時
仰賴星星們過活

毫無預兆
你鋒芒地降落

在我的小小星球上
將那些脆弱與待被完整的
小心收集 使他們聚集一起
曬曬月光 聽聽浪是如何
道別將遠走的煩惱與幽憂

剩下我們可以一起慢動作
把黑夜拉得更漫長
翻滾個幾圈還是
回到彼此枕邊
輕輕說聲
晚安 晚安

發霉

人們說一切
是最好的安排

於是你不掙扎也不反抗
乖乖地 束手投降
任由天氣
反覆潮濕心房
等著下一個陽光
再次曬乾 溫暖

一再 一再的
直至綠色的菌絲蔓延
陽光失去殺菌作用
才恍然的學習著

如何幫自己
除濕 倒水

一再 一再的
誰也不知道
有多少為時未晚
可以重新來過

北上

年少的你
執意逆風而行
將所有摺成一架飛機
若墜毀了 便將自己
攤成什麼都不是的模樣
循著軌跡
齊平
對折

在日與月間的交疊
開始學會
如何在下一次的飛行期
更加
穩定

帶著破碎的殼
尋找遺失的夢

延著念想
再次啟航

無眠

街燈暗了
車聲遠了

羊群逃跑的日子
又來了

手機

在藍光與瞳的反射
你看不見自己
於是只好
把光調的更暗
讓暗影持續啃蝕著
賴以維生的
安全感

有了它以後
「晚安」
只是說著好聽

花與草沒有

擁有就是失去的開始嗎

大人說
所有事物
都有過期的一天

滿心期待
走進大賣場
卻發現所有商品
都印上了有效日期

唯獨花與草沒有

擁有是一種進行式

當凋零成了過去式

代表著失去嗎
不 不是的
結束 也同時是開始

把想念的日子風乾
吹啊 曬啊 乾燥成花
任憑時光曬成束束回憶

作戲

反覆的折了又拆 拆了又折
佈滿痕跡卻依然無法成為
一個被理解的樣子
精密計算角度 套用別人
好心給你的公式
卻還是不符合
生活 給妳的答案

唯一知道的是眉頭
和衣角同時皺了
濕黏的軀殼
縮成一團混亂

留下一道又一道

衝撞整屋子的黏液
這能算是
努力的證明嗎

心痛欲絕的人們
難不成非得要
留下一道
又一道的眼淚
才能使人確信悲傷
是真實存在的嗎

得要掩埋多少
才能把一道
又一道的傷痕

匯集成月光下的湖泊

回望著自己的一部份說
我過得很好啊

小小偷

長大以後你必須知道
哪些東西
是屬於自己
而哪些不是

不再是借了 不還
或站在失物招領前
佯裝等待 偷偷的
貼上自己的姓名貼

便能假裝自己
沒有的那部分
是曾經擁有
或只是暫時遺失

紅豆

想像與你
相擁的時刻
和夕陽一起
融進湯底

橘紅的暮靄
把粘膩的思念
熬煮成鬆軟的樣子
輕輕的拌 慢慢的熬
把整個宇宙
都熬進湯裡頭

一不留神
盛裝愛的容器

便焦的心疼

燙印出一抹新月

唯獨留下愛過的

在場證明

長大

如果害怕受傷
只要想著
這些堆積的柔軟
所生成的繭
有朝一日
都會變得堅強
那就好了吧

可我們
都習慣健忘

小時候學著將球
拋向世界的最遠處
一顆接著一顆
儘管

不是最遠的
也不在意
儘管
沒有人接著
也不害怕失去

大了一點
也只是習慣
那些
需要數
一百隻羊的夜晚
還有那些
要教會我們
耐心等待的事

抗議

誰也不能知道
一個人 一輩子
歷經了幾場
狂風暴雨

又能擁有幾次
僥倖逃脫
或者置身事外

眼看那些
受眷顧的孩子
還死命在颱風眼中
力竭哭喊向世界放送
紅色的漆與破雞蛋

直到一天的心滿意足

才肯闔上 所有的孔洞

誰能說這公平

或不公平

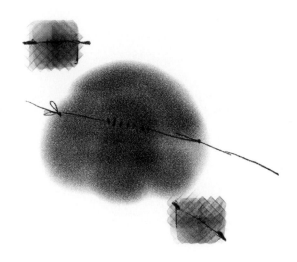

本性

當心上的厚繭
已不再溫潤
風乾成
一層
又一層
如洋蔥最外面
搖搖欲墜的那層
如此堅硬而脆弱啊

人們見
只會更加
迫不及待的
將其扒光

即使紅了眼眶伴隨

不過三秒的鼻酸

這都不過只是

剖開洋蔥的

副作用

之一

他們想著確認自己

不是最慘的

那就好了

自由式

本該要

死命掙扎的

依舊

失去重心

跌落谷底

砸破了冰層

一發不可收拾

從眼角蜿蜒至嘴角

刺痛了

所有能看見的

浸透了

整個軀殼

遇溺了幾次

依舊告訴自己

總有一天
要學會在水裡生活
這樣就能漸漸
不感到
痛苦

只是不知道
還有沒有那一天

中斷

最害怕

也最喜歡的

是繫上安全帶

離開地面的那一刻

比起其他安全一點的

同樣都是去或返的過程

但這次的你有預感

有可能

是最後一次

也可能

什麼都沒有

發生

唯一可以確認的是

這裡什麼都沒有

也什麼都有了
彷彿全世界
只剩下
自己
和自己
不斷辯駁
才發現原來
還能夠再提起
一點點的
可能

蟬

所經歷的
都是為了遇見

在蛻去那層金黃以前
你待在那只有黑暗的他方
賴以為生遠方送來的光
吸取雨水與泥土所給你的

直到
那一天來臨
你知道時候到了

於是
將一生所有濃縮成

四分之一的夏天

羽化求偶
交配再產卵
死亡時心甘情願的
將所有再歸咎於宿命

到山的那一邊

初走的你
對一切都感到好奇

背著來自遠方的行囊
躍躍欲試攀上
每一面陡峭的石壁

像個學步的孩子
努力邁開很大的步伐
即使不夠確定
也毫不畏懼
太過急促的呼吸
使你不得不停下腳步

但當回望山與山之間

你會知道 你已經走了那麼遠

而至少我們 一直都在前行

誰的錯

摔了一跤
是地板的錯

成績不好
是老師的錯

衣服沒乾
是天氣的錯

越來越胖
是熊貓的錯

吃一堆藥
是醫生的錯

過得不好也不過
是別人的錯啊

大富翁遊戲

雙手雙腳不是
屬於自己的

站在命運
和機會面前
只是不斷路過
無法駐足停留
堅持一陣子
才發現
原來

這場遊戲只是等待
放棄掙扎的時機

很多事一開始
早就給了你答案
卻不願輕易被說服
寧可眼睜看著破產
遊戲結束連同
心一起
死去

願賭服輸大概是這輩子
最值得驕傲的事情

缺口

你的眼皮褶了許多小星星
望去的世界總能找到銀白的一面

十一月的暖陽如你
穿透層層針葉林
灑了我一身金黃
穿遍了我也穿遍了你

當全部的光亮都指向你 我知道
記號就藏在褐色眼眸的後方

在一片黑暗裡 填滿所有孔洞
我能感覺你的髮絲 你的手指
你的耳朵 是攔截陽光的羞澀

像含著一口奶油悄悄融化
露出孩子般的甜蜜酒窩

我想像一抹晨光 穿遍你
全身上下 包含每一個
陰暗潮濕的角落

你的目光是最溫柔的長槍
當你纖長的睫毛指向我
我知道我已無路可退

可還是想賴在你枕邊
咀嚼所有好聽的夢
一字一字對你說

夢遊台北

在這座

既窮又忙碌

繁華而醜陋的街道

踩著夕陽落下的影子

不斷夢遊

每天學習如何

把假的變成真的

再把真的變成假的

嚼著所有好聽

而不傷感的情話

聊著沒有夢想的夢

躲在長條的世界

肆意潑灑紅色的漆

學會融入

被架好的方形框線

假裝自己像個台北人

卻又不想淪為

他們口中的天龍人

踩著過去的自己

只為尋得一個

存在的意義

脊椎側彎

冬季的晝短夜長
連日的陰雨
灰暗了一百種可能

好不容易
愛了

便一頭栽進
恨不得
一輩子都向光

因愛而傾斜的角度
使我們都忘了
初生時的柔軟

直至
大夢初醒
才發現

橫躺在水泥地上
不得動彈

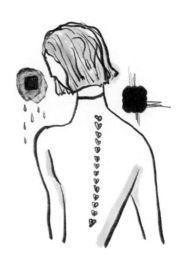

紙娃娃

在開始以前
沒人讀得明白
她眼中藏著故事

活著的人們
對她哭
平滑的肌膚
便起了層層皺摺

褪去一層
又一層

她出生的時候
還沒有生命

直至被燃燒的那刻
靈魂才真正甦醒

一輩子有多長

我想一輩子

是有你

循環

四季

三餐

兩人

一床

後記

後來我才知道，其實寂寞和孤獨不一樣，孤獨是一種狀態，
寂寞則是代表當下的心情。

一直以來，我自認算是個擅長獨處的人，身邊的好友不多，
保持聯繫的友人隻手便能數完，做什麼事都習慣自己一個人，
自己吃飯、自己看電影、自己看醫生、自己漫無目地的閒晃，
自己和自己的日常，就這樣反覆循環著。

前陣子在社群上流行起孤獨指數表，大家紛紛在各自的版面
上分享自己的孤獨指數，表上最高的孤獨等級是第十級，看
完表格的當下發現自己直接晉升第九級（一個人搬家），頓
時內心五味雜陳，所以我是個很孤獨的人嗎？我這樣問自己。

想起自己在嘈雜的氣氛裡，總是顯得格外冷靜，被拉著融入

的我像是不小心開錯包廂門的人，故作微笑的底下堆滿了不知所措，我能想像他們同時進入了某種狀態，但不知道為什麼即便是處在同一個空間，我依舊找不到通往那裡的鑰匙。

於是喧鬧的人群與格格不入的我，便形成了一種對比。

孤獨感就這樣不偏不倚地落在肩頭，如毛毛細雨般悄無聲息，卻鋪天蓋地向我襲來，淋了一身濕的模樣，顯得更是大家眼中的不合群。

有一段時間，常覺得即使自己處在人群裡，依舊是寂寞的。

我總是越不過那條寂寞的分隔島，每天在同一個路口等待，然後被人群無止盡地越過，心臟細微的聲響是被淹沒的，無法對誰發起抗議。

像是一隻穿梭大海的鯨魚，只能望著遠方的幽暗的光，每天每天，就這樣被孤獨感填滿了時間。

直到開始拍了第一部電影以後，心裡的活動悄悄有了轉變。待在劇組裡的日子，許多相處是必須的，不見得時刻緊密但必須同心協力。

你總會在某一刻，深深地感受到一群人的力量是如何強大，關於創作這件事的魅力，它能讓一群人為之瘋狂，只為了完成同樣的目標，每個人在當下是不顧一切的付諸全力，把想像的畫面，一步一步築構成真。

這次透過文字的撰寫深有所感，我想如果只有我一個人，是很難將這一切完整的。謝謝在這個過程中給予幫助，讓我內心想像實踐成真的所有人。

謝謝促成此次良緣的正芬姐與湘琦姐，謝謝你們願意相信，才有了這次的可能，謝謝我的編輯苹儒，總是溫柔的將最貼近我的一面真實呈現，最後謝謝我的經紀人元元，謝謝有妳的支持與鼓勵，有你們每個人真好。

每每在創作的當下的確是孤獨的，可是並不會因此感到寂寞，反而期待能夠與世界擁有更多的連結。

我試著用自己的話語，建構出一個個排列在腦海的小房間，裡頭放置了一些無以名狀的快樂與悲傷，它們有時藏著秘密，也代表著秘密。

這裡是沒有名字的房間，當有一天你發現裡面什麼都沒有的時候，那會是我們最貼近彼此的一刻，裡頭什麼都沒有，沒有別的，只有我們。

玩藝 0101

沒有名字的房間

項婕如首部文集，用善感的低語，撿拾黑暗裡的光亮；用細膩
的感知，演繹生活中的起伏

作　　者—項婕如
藝人經紀—群星瑞智國際藝能股份有限公司
經 紀 人—李溪元
經紀助理—林相均
全書設計—鄭婷之
內頁排版—楊雅屏
攝　　影—楊世全
化　　妝—美少女工作室 麵麵
化妝助理—美少女工作室 朵拉
髮　　型—Flux Ting、Flux Betty
髮型助理—Flux Angel
責任編輯—王苹儒
責任企劃—周湘琦
服裝贊助— Jolin Wu Design 林果設計

總 編 輯—周湘琦
董 事 長—趙政岷
出 版 者—時報文化出版企業股份有限公司
　　　　　108019 台北市和平西路三段二四〇號二樓
　　　　　發行專線　（02）2306-6842
　　　　　讀者服務專線　0800-231-705、（02）2304-7103
　　　　　讀者服務傳真　（02）2304-6858
　　　　　郵撥　1934-4724 時報文化出版公司
　　　　　信箱 10899 臺北華江橋郵局第 99 號信箱
時報悅讀網— http://www.readingtimes.com.tw
電子郵件信箱— books@readingtimes.com.tw
時報出版風格線臉書— https://www.facebook.com/bookstyle2014
法律顧問—理律法律事務所　陳長文律師、李念祖律師
印　　刷—和楹印刷有限公司
初版一刷— 2020 年 12 月 11 日
定　　價—新台幣 390 元

沒有名字的房間 / 項婕如作 . -- 初版 . -- 臺北市
：時報文化出版企業股份有限公司 , 2020.12
　　面；　公分

ISBN 978-957-13-8479-5(平裝)

863.55　　　　　　　　　　　109018947